ÉMILE CATELAIN

TRIOLETS

A MARION

DÉDIÉS A MON AMI

GARRAUD

DE LA COMÉDIE-FRANÇAISE

ÉMILE CATELAIN

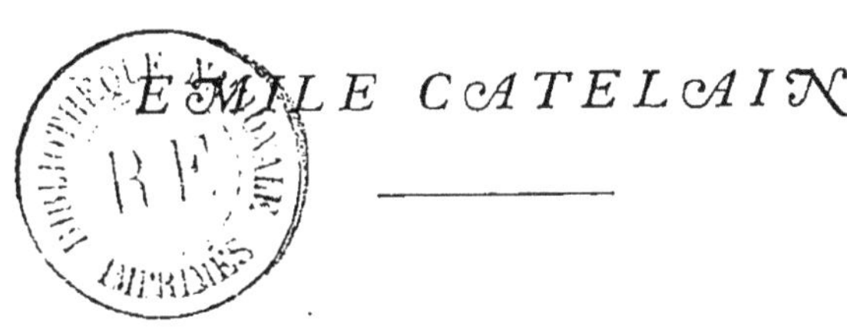

TRIOLETS

A MARION

DÉDIÉS A MON AMI

GARRAUD

DE LA COMÉDIE-FRANÇAISE

TRIOLETS

A MARION

Je vous ai vue un soir passer
Comme on voit filer une étoile
Que du ciel Dieu vient de chasser ;
Je vous ai vue un soir passer,
Comme on voit soudain s'effacer
A l'horizon la blanche voile ;
Je vous ai vue un soir passer
Comme on voit filer une étoile !

Je ne sais vraiment pas pourquoi
Mon cœur ainsi vers vous s'envole,
Tout pénétré d'un doux émoi,
Je ne sais vraiment pas pourquoi.
Pour oser vous parler de moi
Il faut que ma plume soit folle,
Je ne sais vraiment pas pourquoi
Mon cœur ainsi vers vous s'envole.

Je ne suis qu'un pauvre frelon,
Vous êtes la plus belle rose
Qu'effleura jamais l'aquilon :
Je ne suis qu'un pauvre frelon,
Mais je suis prêtre d'Apollon,
Les lauriers valent quelque chose ;
Je ne suis qu'un pauvre frelon,
Vous êtes la plus belle rose.

Sur les pavés j'use mes pas,
Et vous ne sortez qu'en voiture ;
Vous êtes bien haut, moi bien bas.
Sur les pavés j'use mes pas.
Bah ! le soleil ne luit-il pas
Pour la plus humble créature ?
Sur les pavés j'use mes pas,
Et vous ne sortez qu'en voiture.

Vous avez beaucoup d'amoureux,
O muse de la fantaisie
Et du Parnasse langoureux ;
Vous avez beaucoup d'amoureux,
Rendez donc un poëte heureux
Par pitié pour la poésie :
Vous avez beaucoup d'amoureux,
O muse de la fantaisie !

D'amour faites-moi charité,
Je ne suis pas plus laid que d'autres,
Ni mieux non plus en vérité :
D'amour faites-moi charité,
Souriez à la pauvreté,
Jésus-Christ l'a dit aux apôtres ;
D'amour faites-moi charité,
Je ne suis pas plus laid que d'autres !

Je vous adore, voyez-vous,
Comme le sculpteur sa statue.
Les poëtes sont un peu fous ;
Je vous adore, voyez-vous,
Un artiste n'est point jaloux
De sa déesse court vêtue :
Je vous adore, voyez-vous,
Comme le sculpteur sa statue.

Vous êtes belle, Marion.
Je ne prétends pas vous l'apprendre ;
Vous le savez bien, par Junon,
Vous êtes belle, Marion !
Je veux, nouveau Pygmalion,
Vous embraser d'un souffle tendre ;
Vous êtes belle, Marion,
Je ne prétends pas vous l'apprendre.

Je sais que vous changez souvent,
Et que la vertu vous fait rire :
Eh bien! que m'importe vraiment?
Je sais que vous changez souvent.
Mais Vénus en faisait autant; ·
Vulcain n'est plus là pour le dire :
·Je sais que vous changez souvent,
Et que la vertu vous fait rire.

Comme vous avez bien raison
De profiter de la jeunesse
Et de votre belle saison :
Comme vous avez bien raison !
Mais il faut ouvrir sa maison
Au gueux que la faim d'amour presse :
Comme vous avez bien raison
De profiter de la jeunesse !

Si vous consentiez à m'aimer
J'aurais peut-être du génie :
Je serais sûr de mieux rimer
Si vous consentiez à m'aimer !
Une femme peut animer
L'esprit d'une force infinie;
Si vous consentiez à m'aimer
J'aurais peut-être du génie !

Peut-être un jour vous le saurez,
L'amour sincère est chose rare,
Il vaut mieux que lambris dorés;
Peut-être un jour vous le saurez.
Et plus tard vous regretterez
De vous être montrée avare :
Peut-être un jour vous le saurez
L'amour sincère est chose rare

Choisissons un jour de printemps,
Je croirai ma joie éternelle
Comme font tous les jeunes gens.
Choisissons un jour de printemps.
Les heures, les jours et les ans
Pour le temps ne sont qu'un coup d'aile.
Choisissons un jour de printemps,
Je croirai ma joie éternelle !

Mieux vaut l'image du bonheur
Souvent que le bonheur lui-même :
Quand on l'a bien gravée au cœur,
Mieux vaut l'image du bonheur.
Je laisse le fruit pour la fleur
Comme tout enfant de bohème.
Mieux vaut l'image du bonheur
Souvent que le bonheur lui-même !

Laissez-vous aimer jusqu'au soir
Depuis l'heure où Phœbus se lève
Pour teindre d'azur le ciel noir.
Laissez-vous aimer jusqu'au soir.
Comme en un magique miroir,
Je verrai le bonheur en rêve.
Laissez-vous aimer jusqu'au soir,
Depuis l'heure où Phœbus se lève

Nous irons courir dans les bois
Où nous cueillerons l'espérance.
Fleur des mendiants et des rois :
Nous irons courir dans les bois.
Nous nous embrasserons cent fois
A la barbe de la souffrance :
Nous irons courir dans les bois
Où nous cueillerons l'espérance.

Nous chanterons comme des fous.
Et moi je croirai que tu m'aimes,
Car tu mens si bien, entre nous,
Nous chanterons comme des fous.
Nous redirons ces mots si doux,
Ces mots d'amour toujours les mêmes :
Nous chanterons comme des fous,
Et moi je croirai que tu m'aimes !

Quand le soleil disparaîtra,
Il emportera ma folie ;
Sur mon cœur la nuit descendra
Quand le soleil disparaîtra.
Mais mon âme se souviendra,
Car il n'est pas vrai qu'on oublie.
Quand le soleil disparaîtra,
Il emportera ma folie !

Je vous ai vue un soir passer
Comme on voit filer une étoile
Que du ciel Dieu vient de chasser :
Je vous ai vue un soir passer,
Comme on voit soudain s'effacer
A l'horizon la blanche voile ;
Je vous ai vue un soir passer
Comme on voit filer une étoile !

PARIS. — Impr. J. CLAYE. — A. QUANTIN et C', rue St-Benoît. — [66]

A. Quantin imprimeur
r. S. Benoit, 7 à Paris